Sommaire

Les cigales si bruyantes se sont enfin tues...
ENCORE...
ENCORE...
BIIIP
BIIIP
BIIIP
BIIIP
OKAY, VAS-Y...
STOP !
TREMBLE
TREMBLE
TOUS LES CARTONS SONT LÀ ?
C'est le moment où on passe de l'été à l'automne.
OUI.
CLAC
Chapitre 1

Notre nouvelle vie débute.
BON, ON COMMENCE ?

JE SAVAIS QUE VOUS VOUS ENTENDIEZ BIEN...
MAIS JE N'AURAIS JAMAIS PENSÉ QUE VOUS EMMÉNAGERIEZ ENSEMBLE !
ÇA TE VA, À TOI ? T'ES CERTAIN ?
T'habites avec un vieux !
OUI.
QUOI, T'ES JALOUX ?
Bouh, j'ai peur...
POURQUOI JE SERAIS JALOUX ?!
N'EMPÊCHE, VOUS ÊTES SÛRS QUE VOUS NE SORTEZ PAS ENSEMBLE ?
BOBOM !
ドキッ
Eh oui...

On est en couple, tous les deux.
CURE
CURE
BIEN SÛR QUE SI, ON SORT ENSEMBLE. ON EST FOUS AMOUREUX, MÊME.
!!
Moi, je m'appelle Seiji Tajima (40 ans).
FUIP
IL PREND SOIN DE MOI.
Et lui, c'est Shin Nakamoto, policier (30 ans).
C'est un gamin que j'ai pris sous mon aile à l'époque où j'étais encore flic.
Tu veux l'exploiter, en fait ! Fuis, Nakamoto !!
HO HO HO HO !

Il y a deux mois, pendant l'été, on s'est revus après s'être perdus de vue pendant dix ans.
Comme je me sentais nul d'être resté célibataire si longtemps, voilà ce que je lui ai dit...
Peut-être que je devrais me mettre à sortir avec un mec...
Ça a réveillé une flamme endormie chez Shin.
Je t'ai...
toujours aimé.
Une déclaration d'amour en attente depuis dix ans...

Il a avoué ses sentiments sans détour...
à un type de dix ans plus vieux que lui.
Je suis tombé amoureux de lui sans même m'en rendre compte.
Pourquoi tu viendrais pas habiter chez moi ?
!!
Et on a commencé à parler de vivre ensemble.
BAH, EN PLUS, POUR TOI, C'EST MOINS CHER QUE DE LOUER UN APPART.
OUI, ÇA M'AIDE BEAUCOUP.
MIAAOU...
ET PUIS, C'EST PLUS SYMPA QUE DE VIVRE SEUL DANS UN DORTOIR.
MOI AUSSI, J'EN AI MARRE DE VIVRE DANS UN DORTOIR...
On peut même pas faire venir de filles.
TU VIENS HABITER AVEC NOUS, YAMA-CHAN ?
NON, Y'AURAIT TROP DE BRUIT...

Seiji est l'ancien sempai de Maki-san.
GRAAH !
PARDON ? TROP DE BRUIT ?? JE TE SIGNALE QUE CHIKO-CHAN EST SUPER CALME !
GRAAH !
PAS ELLE !! TOI, SEMPAI !!
QUOIII ??
Tu deviens lourde, Chiko-chan...
Miaw...
AU FAIT, QU'EST-CE QUE VOUS VENEZ FAIRE ICI ? VOUS AVIEZ BESOIN DE QUELQUE CHOSE ?
GRMF...
AH !
C'EST VRAI !
J'AI FAIT FAIRE UN DOUBLE DES CLÉS POUR TOI, TIENS.
SNIF
SNIF
AH... MERCI...
FUIP
CLING
ENFIN, JE SUIS PRESQUE TOUJOURS À LA MAISON, MAIS BON.
Au cas où.
LES PERDS PAS, HEIN ?
Tout content
NON...

CLAC
SEIJI ! QU'EST-CE QUE TU FICHES ICI ?!
BOBOM !!
HIII !
TU M'AS FOUTU LA TROUILLE, BON SANG !!
TU AS RENDEZ-VOUS À LA CHAMBRE DE COMMERCE !
Oh, elle est venue te chercher !
J'AVAIS PAS OUBLIÉ !!
ET LAISSE LE CHAT À LA MAISON, S'IL TE PLAÎT !
JE SAIS, JE SAIS !
À PLUS, SHIN, COURAGE POUR LE BOULOT !
ALLEZ, DÉPÊCHE-TOI !
OUI, OUI !
Il est adorable !!
GLING

QUELLE BOULE DE NERFS, CE TYPE ! ÇA T'EMBÊTE PAS, NAKAMOTO ?
T'ES SÛR D'AVOIR ASSEZ DE FORCE POUR SUPPORTER UNE TELLE ÉNERGIE LE SOIR EN RENTRANT À LA MAISON ?
OUI, PAS DE PROBLÈME POUR ÇA...
OOH ! IL COMMENCE À DÉTEINDRE SUR TOI !
C'est contagieux !
.....
GLING !
Je n'aurais jamais rêvé...
GLING !
Qu'un jour viendrait où Seiji-kun m'attendrait à la maison quand je rentrerais...
Bon allez, on se remet au travail ?
Oui.

[Tadaima : (prononcé «tadaïma») formule en japonais dite par quelqu'un qui rentre à la maison pour annoncer son arrivée. On répond par «Okaeri» ou «Okaerinasai», qui veut dire «bon retour à la maison». C'est un fort symbole de domesticité.]

TADAIMA, CHIKO-SAN.
MIAOU !
MIAOU !
MIAOU !
SALUT !
MIAOU !
FROTTE
FROTTE
RON
RON
FLOUP
PUIC
PUIC
OKAERI, SHIN-CHAN !
TADAIMA...
BLUUUUSH...
Il sort du bain...

T'AS DÉJÀ MANGÉ ?
NON, PAS ENCORE.
J'AI FAIT DU CURRY, MAIS IL EST ÉPICÉ, ÇA TE VA ?
OUI, ÇA ME VA.
ÇA NE SERA PAS PRÊT TOUT DE SUITE.
TU PEUX PRENDRE TON BAIN EN ATTENDANT.
HOP LÀ !
MIAOU !
OK, D'ACCORD.
METS TES AFFAIRES SALES DANS LE PANIER À LINGE,
JE FERAI UNE MACHINE DEMAIN.
MERCI, C'EST GENTIL...
T'IN-QUIÈTE, T'IN-QUIÈTE !
T'ENDORS PAS DANS LA BAIGNOIRE, HEIN !
MIAAH...

SCHLING
BON, ALORS...
WHAM
LE RIZ DEVRAIT ÊTRE BIENTÔT PRÊT.
JE VAIS COMMENCER À PRÉPARER LE CURRY.
PSCHH...
CLIC CLIC
J'adore le curry ! ♫
CLIC
CLIC
.....
ENLÈVE...
EN FAIT...

J'ai l'impression qu'on est mariés !
J'ai l'impression d'être sa mère...
GRR...

DÉPRIMÉ...
へにょーん
JE SUIS CENSÉ ÊTRE SON PETIT AMI...
PAS UNE MÈRE POULE !
C'est pas bon, ça...
Faut que je me comporte un peu plus comme son petit ami...
FACILE À DIRE !!
AH LÀ LÀ...
AH LÀ LÀ...
MMMH !
(À manger !)
Ça veut dire quoi, se comporter en petit ami ?
Et Shin, il ne se plaint jamais de rien...
.....
MMMH...
CLAC
Curry du démon

PLIC !
ポチャッ
JE CROIS QUE J'AI PERDU LA MAIN EN RELATIONS AMOUREUSES...
Pen-dant ce temps...
C'est petit...
BON, IL FAUT AU MOINS QU'ON FÊTE TON DÉMÉNAGEMENT !
POC
SANTÉ !
SANTÉ !

GLOU
GLOU
ゴッ ゴッ ゴッ ゴッ
GLOU
GLOU
MIAOU...
プハーッ
FUAAAAH !
N'EMPÊCHE, C'EST COOL QUE T'AIES EU L'AUTORISATION DE VENIR VIVRE ICI !
MAIS ILS ONT D'ABORD FAIT LEUR ENQUÊTE SUR NOUS... C'EST PAS SIMPLE, D'ÊTRE FLIC !
Non, Chiko-tan, pas de curry pour toi.
ILS ONT ACCEPTÉ PARCE QUE TU ES UN ANCIEN POLICIER, SEIJI-KUN.
ET PUIS, LE CHEF A TON ÂGE À PEU PRÈS, ALORS IL S'EST MONTRÉ ASSEZ COMPRÉHENSIF.
CLAC
C'est qui, ton chef ?
Tashiro-san.
Sé-rieux ?!

EN TOUT CAS, T'ES CHEZ TOI, MAINTENANT.
FAIS PAS DE MANIÈRES, HEIN ?
MH...
BIENVENUE, CHÉRI !
GRIP
CHÉRI !
MERCI, B... BÉBÉ...
BWAHA HAHAHA !!
BÉBÉ !!
......

SCHRIIIC
SCHRIIIIIIIC !
JE NE POURRAI PAS ASSEMBLER LE LIT TANT QUE JE N'AURAI PAS ENLEVÉ QUELQUES CARTONS...
SCHRIIC
HÉ, SHIN !
COMMENT ÇA SE PASSE, T'AS BIENTÔT FINI ?
NON, JE CROIS QUE J'AURAI DU MAL À TERMINER AUJOURD'HUI.
DANS CE CAS, JE VAIS SORTIR UN FUTON POUR LA NUIT.
ON DORMIRA EN BAS, OK ?
OK, ÇA MARCHE. JE RESTE UN PEU ICI POUR CONTINUER À RANGER.
MIAOU
OK !

Ça fait deux jours que j'ai emménagé...
On n'a pas encore vraiment fait d'activité de couple.
FUIP
ヌルン…
T'as le nez froid, toi...
LÉCHOUILLE
FAUT DIRE, JE BOSSE EN JOURNÉE, ET DÉMÉNAGER, C'EST VRAIMENT FATIGANT...
Et Seiji-kun se couche super tôt...
ZZZZ...
すこーん
Il dort déjà !
Mais demain, je suis en repos...
Alors c'est ce soir ou jamais !
GROOOO...
ズモモモモ

ENROULÉ...
すっぽり
Déjà couché !!
DÉPRIMÉ...
しょ〜ん…
Moi aussi, je me couche, alors...
MH...
TADAAAAM-!
パァーン
LOTION LUBRIFIANT SUPER
ローション ぬらぬら Super
エロエール
Mouchoirs
BIG GUI
XL
S...
Seiji-kun !!
BOBOM
はわっ
TREMBLE
TREMBLE
はわっ
VACILLE
ヨロ…
VACILLE
ヨロ…
GLISSE
もぞり
OUAH !!
GLISSE
もぞり

HI HI HI...
ビク
SURSAUTE
HAHAHAHA !
JE CROYAIS QUE TU DORMAIS DÉJÀ...
HA HA ! MÊME SI JE DORMAIS, TU M'AURAIS RÉVEILLÉ, LÀ...
Où est Chiko-chan ?
Elle dort en haut.
T'AS MIS DU TEMPS À DESCENDRE, J'AI COMMENCÉ À SOMNOLER...
JE SUIS VIEUX, MOI, JE FATIGUE VITE.
HAA...
HAA...
T'as juste 40 ans.
CE SOIR, JE NE TE LAISSE PAS DORMIR.
EN 40 ANS, C'EST LA PREMIÈRE FOIS QUE QUELQU'UN ME DIT ÇA.
BISOU
BISOU
MH...
MMH...

SHIN...
ÇA NE TE DÉRANGE PAS DE SORTIR AVEC QUELQU'UN COMME MOI ?
ME DÉRANGER ? POURQUOI ?
JE NE ME COMPORTE PAS VRAIMENT COMME UN PETIT AMI...
ON NE FAIT PAS SOUVENT DE RENDEZ-VOUS AMOUREUX...
Je ne sais même pas où tu voudrais aller.
C'EST PAS GRAVE... JE TRAVAILLE SOUVENT, EN PLUS.

N'HÉSITE PAS À ME DIRE DE QUOI TU AS ENVIE.
OUI, MAIS QUAND MÊME...
ENFIN...
!
ぎゅっ
SERRE...
SH...
C'EST DUR DE FAIRE DES CHOSES ROMANTIQUES AVEC TOI, SEIJI-KUN...
HEIN ?
?
TU TUES TOUJOURS L'AMBIANCE.
QU... QU... QU...
QUOI ?! PAS DU TOUT !!
OH, SI.
LÂCHE-MOI !!
NON.

MAIS ÇA NE ME DÉRANGE PAS DU TOUT.
Évidemment que je suis satisfait.
Rien que d'être avec lui, c'est un miracle pour moi.
AH... JUSTE UNE CHOSE...
OUI, QUOI ? DIS-MOI !
TU N'AS JAMAIS PRIS L'INITIATIVE DE M'EMBRASSER...
AH...
AH BON ?
EH OUI.
.....
BISOU

MH...
HAHA ! ALLEZ, VIENS...
BISOU
SEIJI-KUN...
BISOU
MH...
FLOUP
NNH...
BISOU BISOU
BISOU
SEIJI-KUN...
JE PEUX...?
O... OUI...
BISOU
HAA...
NH...
HH...
HH...
HAA...
BISOU
BOBOM
NH...
HH...
GLISSE
BOBOM
HHH...
NHH...
GHH...
HHH...
BOBOM
NH...
BOBOM
ATT...
AT-TENDS...
BOBOM
SLURP
SLURP SLURP
SLURP
AH...
BISOU
BISOU
BOBOM
FUIP
AAAH...
NH...
SLURP...

FRISSON
AH !
HAA...
HAA...
FRISSON
BOBOM
HAA... SHIN...
ARRÊTE...
SLURP
SLURP
AAH !...!
AT-TENDS !
SLURP
SLURP
AH !
J'VAIS...
FUIP
WHAM
AT-TENDS, J'TE DIS !!
POUSSE
MAIS C'EST PAS GRAVE...
BOBOM
J'ESSAIE DE ME RETENIR POUR QU'ON PUISSE JOUIR EN MÊME TEMPS.
ET PUIS... C'EST PLUS COMPLIQUÉ DE SE FAIRE PRENDRE PAR LE CUL QUAND J'AI DÉJÀ JOUI AVANT.
ALORS...
HAA...
METS-LA-MOI...
HAA
HAA...
BOBOM
METS-LA-MOI METS-LA-MOI
METS-LA-MOI METS-LA-MOI
WOH !
GROSSIIT...
MAIS PRÉ-PARE-MOI D'ABORD, HEIN !!
TU M'EN-TENDS ?!

AH !
HAA...
AH !
AH !
HAA...
GRIP
SERRE
BOBOM
POUSSE...
BOBOM
AH !
HAA...
HAA...
HAA...
SH...
SHIN...
AA AA AH !
AH...
AH !
AH ! AH !
POUSSE...
NHH...
HA...
HAA...
BOBOM
FUIP

BOBOM
HAA...
HAA...
PUTAIN... IL A UNE BITE ÉNORME...
POUSSE
SEEERRE...
HH...
HH...
SEIJI-KUN...
BOBOM
NH...
C'EST... BON... TU PEUX BOUGER...
BAM
NH...
Shin...
Fait l'amour douce-ment, comme si je risquais de me briser...
Enfin, je suppose que le risque existe...
Que mon cul se dé-chire...
WHAM
NHH...
PAF
PAF
ÇA VA ?
AH !
AH !
FLOUP
BAM
HAA...
HH...
HH...
NON ÇA VA PAAAS !
Quand j'ai l'air d'avoir mal...
HAA......
CARESSE
Il est tout désolé,
Mais c'est pas pour autant qu'il arrête.
Et ça...

Bizarrement, j'aime bien.
HAA...
HAA...
SHIN-CHAN... T'ES MIGNON...
PAF !
AAH !
BAM !
AH !
PAF !
PAF !
BAM !
AH !
NON !
AH !
AAH !
AH !
FLAP
FLAP
FLAP
HH...!
CLAC
FRISSON
NON !
CLAC
AH !
WAH !
AH !
AH !
AH !
AAH...! SHIN !
BAM
AAH !
FLAP
SHIN... ÇA...
ÇA VIENT...
BAM
FLOUP
FLOUP

BOBOM !
AAAAAAH...
BOBOM !
AH..!
BOBOM
HAA...
HAA...
SPLURT !
BAM
HAA...
HAA...
.....!
TREMBLE...
BOBOM
HAA...
HH...
BOBOM
HH...
HAA...
UUHH...
NHH...
SEERRE...
BOBOM
PAF
PAF
SPLURT !
IL Y VA TELLEMENT FORT QUE...
J'AI L'IMPRESSION QUE LA CAPOTE RISQUE DE SE DÉCHIRER...
SPLURT
SERRE

PLIC
ROULE
PAF
ROULE
ROULE
ROULE
TOUT CONTENT
En extase
À partir de maintenant, tous les jours, je pourrai voir Seiji-kun...
Tous les jours, j'entendrai sa voix...
Tous les jours, je contemplerai son visage...
TU FERAIS MIEUX DE DORMIR, TOI AUSSI.
OUI...
Tous les jours,
Je pourrai lui faire l'amour autant que je voudrai !
Tous les jours...
FRISSON...

S...
SEIJI-KUN, ON DORT ENS...
APPROCHE...
NOOOOPE
DÉSOLÉ, MAIS CE FUTON EST TROP PETIT.
DORS DANS CELUI D'À CÔTÉ.
Chiko-chan, toi tu peux venir...
......
AH !
AU FAIT...
LÈVE...
LE MOIS PROCHAIN, J'AI UN EXAMEN DE SANTÉ.
ILS VONT ME FAIRE UNE COLOSCOPIE.
Parce que j'ai 40 ans, il paraît...
ALORS JUSQU'À CE QUE L'EXAMEN SOIT FINI, INTERDIT DE FAIRE DES TRUCS COCHONS !
HEIN ?!
Vu qu'ils doivent passer par le trou du cul.
Interdit ?!
BONNE NUIT !
TREMBLE
CLAC
CLAC
CALENDRIER OCTOBRE
Aujourd'hui
C'est loin, le mois prochain !!
TREMBLE
SI C'EST ÇA, FAUT QU'ON LE REFASSE UNE FOIS CE SOIR !

[Pâtisserie japonaise faite de pâte de riz gluant (mochi) et fourrée à la pâte de haricots rouges sucrée]

Il me fout les jetons !!
SON VISAGE EST SANS EXPRESSION, MAIS J'AI UN HORRIBLE FRISSON !
TREMBLE
TREMBLE
GOOOOOOOOOO...
......
QU'EST-CE QU'IL Y A ? QU'EST-CE QUI T'ARRIVE ?!
ON A REÇU UNE PLAINTE ?!
Tiens, mange un daifuku !
HA HA HA !
NAKAMOTO DEVIENT DE PLUS EN PLUS FLIPPANT JOUR APRÈS JOUR !
Je sais pas pourquoi, mais bon...
GEUUH...
NON... JE SUIS JUSTE...
UN PEU PRÉOCCUPÉ...

HMPF
LA RAISON, C'EST QUE...
HMPF
Aujourd'hui, c'est le jour où l'interdiction de Seiji-kun est levée !!
TADAAAAM !
Ça fait juste deux semaines qu'il m'a dit ça...
Ils vont me faire une coloscopie, alors, jusqu'à ce que l'examen soit fini,
interdit de faire des trucs cochons !
Depuis qu'on a emménagé ensemble, on ne l'a fait qu'une fois...
Bonne nuit.
Je suis super frustré depuis...
DÉPRIMÉ...
SA LIBIDO A VACHEMENT BAISSÉ DE-PUIS QU'ON A COMMENCÉ À SORTIR ENSEMBLE...

Pourtant, à sa manière, il essayait d'adoucir la situation, mais...
Si tu veux, on peut s'embrasser.
TIC
!
BISOU
BISOU
Hi hi, tu veux pas m'embras-ser sur la bouche ?
Ça devenait presque de la torture !!
N'em-pêche qu'il le fait.
NH...
AH...
Mais tout ça, c'est bientôt fini...
TU AS DES PROBLÈMES SÉRIEUX ?

C'EST COMME UN DAIFUKU QUI SE TROUVE JUSTE DE-VANT MOI...
J'AI SUPER ENVIE DE LE MANGER, MAIS JE N'AI PAS LE DROIT...
ALORS JE ME RETIENS, MAIS...
MAIS ?
Peut-être qu'aujourd'hui,
j'aurai enfin le droit de le manger...
Naka-moto...
Eh ben...
Je ne savais pas que tu aimais tant les daifuku !
AH BON...
TIENS, PRENDS-EN UN AUTRE !
HI HI HI HI
C'est un peu bizarre, mais bon, tant mieux !
OUI...

ATCHOUM !!
AAAH...
TU AS UN RHUME ?
TREMBLE
JE VAIS ATTRAPER LA MORT, ICI !!
Le daifuku
IL Y A UNE VAGUE DE FROID EN CE MOMENT, FAIS ATTENTION À TOI.
SCHRIC
OUAIS, C'EST PAS DRÔLE D'ÊTRE MALADE QUAND ON EST VIEUX...

EN PARLANT D'ÊTRE MALADE,
J'AI FAIT UNE COLOSCOPIE CE MATIN.
MIAW !
FUIP
TIENS !
TIENS !
PAF !
PAF !
AH...
FRANCHEMENT, LES DOCTEURS SONT IMPRESSIONNANTS, DE NOS JOURS...
Oh, tu l'as attrapé !
GRIP
TCHAC
RED SLOPE
POURQUOI, L'EXAMEN A RÉVÉLÉ QUELQUE CHOSE ?
NON, MAIS...
L'ANUS EST UN ORIFICE DE SORTIE, PAS D'ENTRÉE.
ALORS ALLEZ-Y AVEC MODÉRATION, D'ACCORD ?
Ah là là là...
Ah là là là...
LUMIÈRE...
AAAH...
TREMBLE
TREMBLE
TREMBLE

ALORS C'EST LUI QUI SE FAIT PÉNÉTRER...
J'arrive pas à l'imaginer... J'ai pas non plus envie, mais bon.
C'EST COMME ÇA, Y'EN A FORCÉMENT UN QUI SE FAIT PRENDRE...
MAIS DE TOUTE FAÇON, DANS UN COUPLE DE MECS...
.....
J'AURAIS JAMAIS PENSÉ PARLER DE ÇA AVEC TOI...
J'EN AI DES FRISSONS.
Bizarre.
D'habitude, on parle d'histoires d'amour...
QUELLE COÏNCIDENCE, MOI AUSSI...
EN TOUT CAS, SI TOUT EST NORMAL, TANT MIEUX.
OUAIS.
AH !
Chiko-chan, tu as un copain !
Miaou !

HU HU
L'INTER-DICTION EST LEVÉE...
HU HU
CLAC ガラ
HU HU
L'INTER-DICTION EST LEVÉE...
HU HU
JE SUIS RENTRÉ...
MH ?
IL A DES INVITÉS ?
N'EMPÊCHE, J'AI DÉJÀ QUARANTE ANS...
À MON ÂGE, MON CORPS PREND PLUS DE TEMPS À SE REMETTRE.

APRÈS TOUT, MÊME LE MÉDECIN M'A DIT D'Y ALLER MOLLO...
ET COMME SHIN A TOUJOURS ENVIE DE BAISER...
FAUT QUE TU FASSES DE L'EXERCICE.
OÙ EST PASSÉE TA VIGUEUR DE QUAND T'ÉTAIS FLIC ?!
LA LA LAA, J'T'ÉCOUTE PAAS !
JE SUIS PLUS FLIC, MAINTENANT !
TAP TAP
MIAOU !
BOUCHE
OH !
FROTTE
FROTTE

OKAERI, SHIN !
TADAIMA...
COURBETTE
DÉSOLÉ DE DÉRANGER.
PAS DE PRO-BLÈME...
COURBETTE
ON SE DEMANDAIT SI ON IRAIT PAS BOIRE UN VERRE QUELQUE PART CE SOIR...
TU VEUX VENIR AVEC NOUS, SHIN ?
FROTTE
FROTTE
NON, DÉSOLÉ.
JE SUIS FATIGUÉ, ET J'AIMERAIS PRENDRE UN BAIN...
C'EST PAS GRAVE, VAS-Y SANS MOI.

JE MANGERAI UN TRUC SUR LE POUCE.
AH BON, COMME TU VEUX.
DIS, TU CROIS PAS QU'IL A ENTENDU NOTRE CONVERSATION ?
NOTRE CONVERSA-TION ?
QUAND TU DISAIS QUE TON CORPS SE REMETTAIT DIFFICILEMENT, ET QUE C'ÉTAIT EMBÊTANT PARCE QU'IL VOULAIT TOUJOURS BAISER.
QU'EST-CE QUE ÇA PEUT FAIRE ?
ET PUIS, J'AI JAMAIS DIT QUE C'ÉTAIT EMBÊTANT.

EN FAIT, ÇA NE ME DÉRANGE PAS TANT QUE ÇA,
QU'IL AIT TOUJOURS ENVIE DE BAISER.
にょ NYARK
OOOH...
にょ NYARK
QUOI ?!
J'AIME PAS CETTE TÊTE !!
BON, SI ÇA SE PASSE BIEN ENTRE VOUS, TANT MIEUX.
SHIN EST DINGUE DE MOI, DE TOUTE FAÇON !
PEUT-ÊTRE, MAIS NE CONSIDÈRE PAS SON AMOUR COMME ACQUIS.
Vous voulez goûter ?
Merci !
ET TOI, JE SAIS QUE TU ES TROP TIMIDE POUR LUI DIRE CE QUE TU RESSENS...
ぐぬう GRR

Il va se faire des idées. Évite de lui donner de quoi s'inquiéter pour rien.
Ouais, ouais !
L'amour, c'est le partage.
Arrêtez de vous liguer contre moi !
Tu l'as acheté quand ce poulet ?
Faut prendre l'initiative, parfois !
Yagi-san se gêne pas !
夜が凄い!!
Les nuits sont intenses !
Euuuuurk !
J'ai vraiment pas envie d'entendre ce genre de détails !!
Tirage au sort
1 ticket
2 nuits aux sources chaudes
商店街
Oh ! Un tirage au sort !
T'as rien entendu, ok ?
Ok...
Tu as eu un ticket ?
Oui, en achetant le poulet.
.....
Clac
ガラガラ

Même le médecin m'a dit d'y aller mollo... Et comme Shin a toujours envie de baiser...
Seiji-kun m'a accepté dans sa vie, mais...

Est-ce que c'était juste pour me faire plaisir ?
Qu'est-ce qu'il en retire, lui ?
Aujourd'hui... Il a subi une coloscopie...
Et pendant ce temps-là, moi, je ne pensais qu'à ma gueule.
HAA...
SI AU MOINS...
J'AVAIS UNE BITE UN PEU PLUS PETITE...

TADAIMA !
CLING
ジャラ
FINALEMENT, J'AI DÉCIDÉ DE RENTRER.
OH, IL EST PAS LÀ...
SCHRIIIC
ガサ
SCHRIIIC
ガササ
APPAREMMENT, IL A PAS ENCORE MANGÉ.
HEUREUSEMENT, J'AI RAMENÉ DE LA BOUFFE !
おにくのクニオ
JE ME DEMANDE S'IL EST RÉVEILLÉ.
TAP
トン
TAP
トン
SHIN !
HÉ, J'AI CHANGÉ D'AVIS ! ON MANGE ENSEMBLE ?
CLAC
スラッ
JE T'AI RAMENÉ TON PLAT PRÉ...

FÉRÉ...
AH...
棍 LE MÂT
棒 EST DRESSÉ
TADAM !
OH...

Ton plat préféré est de retour...
FUIP
SALUT !
ARGH !!
GLOUPS...
AH... LE VOILÀ QUI SE ROULE EN COCON...
FUIP !
DÉCIDÉMENT. AUCUNE INTIMITÉ, ICI...
CRIIC
DÉSOLÉ.
C'EST DE MA FAUTE, J'AURAIS DÛ FRAPPER AVANT D'ENTRER.
Allez, sors !
CARESSE
CARESSE
... JE CROYAIS QUE T'ÉTAIS PARTI BOIRE UN VERRE.

ALORS J'AI CHANGÉ D'AVIS ET JE SUIS...
FUIP
RENTRÉ... HOP !
GRIMPE
OUI,
MAIS TU N'AVAIS PAS L'AIR D'ALLER TRÈS BIEN,
HOUP !
HA HA ! MAIS ON DIRAIT QUE TON P'TIT GARS EN BAS EST EN FORME, LUI !
JE M'INQUIÉTAIS POUR RIEN !
IL EST PLEIN DE VIGUEUR !
PAF
PAF
MMMMH...
N'EMPÊCHE...
Tu l'as prise quand, cette photo ?
WHAM !
POURQUOI TU TE BRANLES LÀ-DESSUS ALORS QUE T'AS L'ORIGINAL À DISPOSITION ?
C'EST...

C'EST QUE...
LE MÉDECIN T'A DIT D'Y ALLER MOLLO...
AH... C'EST PAS GRAVE, ÇA.
IL AVAIT ENTENDU, ALORS...
J'AI RÉALISÉ QUE JE TE METTAIS BEAUCOUP DE PRESSION.
ET TOI, TU NE TE PLAINS JAMAIS.
TU ACCEPTES TOUT SANS RIEN DIRE.
JE CONSIDÉRAIS ÇA COMME ACQUIS...

«Ne considère pas son amour comme acquis.»
C'EST VRAI...
Peut-être que je pensais qu'accepter ses avances suffisait à exprimer mon amour.
«L'amour, c'est le partage.»
Celui qui le considère acquis, c'est moi.
AUJOURD'HUI, TOUT CE À QUOI JE PENSAIS,
C'ÉTAIT QU'ON POURRAIT LE FAIRE, PUISQUE TON EXAMEN ÉTAIT TERMINÉ...

JE SUIS TELLEMENT ÉGOÏSTE.
!
CRIIIC
JE MENTIRAIS EN DISANT QUE C'EST FACILE POUR MON CORPS DE SUIVRE LE RYTHME.
MAIS JE SAIS QUE TU PENSES TOUT LE TEMPS À MOI,
CARESSE
ET QUE TU PRENDS TOUT LE TEMPS SOIN DE MOI.

ÇA ME REND HEUREUX, JE TROUVE ÇA ADORABLE.
SI J'ACCEPTE TOUT, C'EST PARCE QUE J'AI AUSSI ENVIE DE TOI,
MÊME SI JE NE LE DIS PAS...
ALORS... NE T'AMUSE PAS TOUT SEUL DANS TON COIN.
FAIS-LE AVEC MOI, PLUTÔT.

LE DOCTEUR A TRIPOTÉ MON TROU DU CUL...
IL FAUT QUE TU ME FASSES OUBLIER TOUT ÇA !
WHAM !
MOW...
AH !! TU ME FAIS FLIPPER !!
2 fois en une journée.
......
MOI, ÇA FAIT QUINZE JOURS QUE JE T'AI PAS TOUCHÉ...
MAIS...
C'ÉTAIT JUSTE UN EXAMEN MÉDICAL ! SOIS PAS JALOUX !
Espèce d'enfant gâté !
BOUDE PAS !
HMPF
HMPF
ENLÈVE
À PARTIR DE MAINTENANT...
L'INTERDICTION DE SEXE EST LEVÉE.
BISOU
MMH...

CRIIIC
HAA...
CRIIIC
BAM
AH...
AH !
CRIIC
HH...
HAA
HAA
CRIIC
AH !
AH !
SEIJI... KUN... T'ES SÛR...
QUE ÇA VA...?
CRIIC
CRIIC
......
CRIIC
PAF
PAF
PAF
AAH...!
TREMBLE
AAH...
TREMBLE
HH...
HH...
PAF !
PAF !
AH !
HAA...
AAH...

TREMBLE
HAA... ÇA... VA...
HAA...
AH...
AH !
CRIIC
DANS CE CAS... TANT MIEUX...
PAF !
NGH !
PAS SI FORT...!
BOBOM
LA COLOS-COPIE, À CÔTÉ, C'ÉTAIT DU GÂTEAU...
PAF !
AH !
AH !
AH !
AH !
HAA...
HAA...
BOBOM
CRIIC
HAA...
COMPARÉ À ÇA...
HAA...
CRIIC
POURTANT, ÇA VA...
PEUT-ÊTRE QU'IL DÉTEINT SUR MOI.
OU SUR MON CUL...
HA...
PAF
PAF
HAA...
FRISSON
J'AI...
UNE BITE ENTIÈRE DANS LE CUL...
PAF
COUP D'ŒIL
HAA...
HAA...

?
HH...
HH...
SEIJI-KUN ?
CARESSE
Ah...
Ça craint...
HAA...
FRISSON
C'est quoi, ça ?
Une minute, là...!
AAH... AH...
BOBOM
BOBOM
AH...!

Je vais... encore jouir...
HAA...
BOBOM
AAAH ...!
AH...!
TREMBLE
AH !
AAAH !
TREMBLE
BAM
Pourtant, je bande même pas...
OUAAH...
AH...
S... SEIJI-KUN...
HAA...
HAA...
HAA...
HH...

AH !
NNH !
BOBOM
AH !
BOBOM
HAA...
HAA...
AH !
AH !
C'EST... SEN-SIBLE...
ME... TOUCHE PAS...
AH !
AAH...
AH...
BOBOM
SPLURT
IL A JOUI RIEN QUE PAR DERRIÈRE...
HAA...
HAA...
BAM
HAA... LAISSE-MOI... ME REPOSER...
.....
BAM
AH...?
HAA...
HAA...

SERRE...
SEIJI-KUN... DÉSOLÉ...
FROTTE
QUOI ? HÉ ! SHIN !!
FUIP
PAF
AT-TENDS !
ATT...
PAF
AAAH !!
PAF !
SEIJI-KUN...
BISOU
AH !
CLAC
PAF !
AH !
AAH !
AH !
AAH !
AH !
SERRE...
PAF !
NON...
AH !
HAA...
PAF !
PAF !
SHIN !!

PAF !
PAF !
AH !
NH...
UUUH !
UH !
AH !
CRIIC
NH...
HH...
NH...
BISOU
HAA...
HAA...
BISOU
C'EST...
TROP BON...
CRIIIC
AH...
QU'EST-CE QUE...
QU'EST-CE QUI SE PASSE AVEC MON CUL, AUJOURD'HUI...?
FUAH...
BOBOM
HH...
PLIC
HAA...
BOBOM
ÇA ME FAIT PAS ÇA...
D'HABITUDE...
BOBOM
AAH...
PLIC
C'est parce que ça fait longtemps ?
AAH...
SERRE
Il y a peut-être de ça, mais...
AAAH...
SEIJI-KUN, TU N'AS PAS MAL ?
HAA...
HAA...

Mon corps et mon cœur m'envoient le même message...
Je suis dingue de Shin...
JE VAIS PARFAITEMENT BIEN.

FROTTE
Mon daifuku...
FROTTE
POUIC
J'EN PEUX PLUS...
Après 3 rounds.
GEUUBLUR GHUUU...
GRUUUBLU UUGUURU...
...Y'A UN MONSTRE DANS TON VENTRE ?
LA FERME !! J'AI LES CROCS !!
FALLAIT ALLER À LA CO-LOSCOPIE À JEUN !
TREMBLE
Rigole pas !
PAF
ET JE PEUX PLUS BOUGER, ALORS APPORTE-MOI LA BOUFFE !
OK.
MES SASHIMIS !!
もっちゃ
もっちゃ
MIOM

Chapitre 3

POOOON
DRIIIING
プルルルル
Le TGV à destination de XXX partira voie 3…
ザワ
BROUHAHA
ザワ
AH LÀ LÀ…
Je crois que j'arriverai à temps.
Attends-moi sur le quai.
IL PENSE VRAIMENT ARRIVER À TEMPS ? IL NE RESTE QUE 20 MINUTES.
PEUT-ÊTRE QUE J'AURAIS DÛ RÉSERVER UN TRAIN PARTANT PLUS TARD…
ザワ
BROUHAHA
ザワ
SEIJI-KUN !
GRATTE

SHIN !!
HAA
HAA
DÉSOLÉ D'ÊTRE EN RETARD.
JE SUIS CONTENT QUE TU SOIS ARRIVÉ À TEMPS !
ALLEZ VIENS, ON MONTE.
OK.
Aujourd'hui, on part en voyage pour deux jours et une nuit.
J'ai fermé le magasin en fonction des congés de Shin.
ON EST OÙ, DÉJÀ ?
HEIN ? EUH...
Il se souvient plus ?
AH, C'EST ICI.
Hein
Euh
1 D E
Ah d'accord, 1-E...

Tout a commencé avec une erreur de Michiyo-san.
J'ai des tickets pour une nuit dans une auberge traditionnelle.
Seiji, tu ne les veux pas ?
Une auberge tradition-nelle ?
Tu te souviens de ce tirage au sort que j'organisais qui promettait un voyage aux sources chaudes ?
Oui, on a même participé...
HOCHE
HOCHE
Eh bien, le voyage était de deux nuits et trois jours.
Mais par erreur, j'ai commandé un voyage d'une nuit et deux jours.
Je pensais en profiter pour y aller avec une amie,
Mais je ne pourrai pas me libérer.
SOUPIR...
Hmm...

Je te les vends à moitié prix.
Quoi ? Tu veux même pas me les donner ?
Vas-y avec un ami.
Couple – 1 nuit
Ça fait longtemps que tu n'as pas fait de voyage, pas vrai ?
Je donnerai à manger à ton chat.
Un voyage...
Bah... Pour une nuit, Shin pourra se libérer.
En plus, ce mois-ci...
Alors j'ai pris ma décision.
Ça nous fera du bien de prendre un peu l'air à deux.
PSCHHH
TIENS ?!
ARGH !

VOUS PARTEZ EN VOYAGE, VOUS AUSSI ?!
JUSTE POUR LA NUIT. JE NE SAVAIS PAS QUE VOUS AL-LIEZ QUELQUE PART, VOUS AUSSI !
1ÈRE CLASSE
COURBETTE
COURBETTE
CRIIIC
ON VA BIENTÔT ÊTRE TRÈS OCCUPÉS, ALORS C'EST LE MOMENT OU JAMAIS.
AH ! ON EST PLACÉS JUSTE DERRIÈRE VOUS !
QUOI ? VOUS NOUS ESPIONNEZ, EN FAIT !
J'AI PEUR...
N'IMPORTE QUOI...
DANS CE CAS, ON VA TOURNER LE SIÈGE POUR ÊTRE EN FACE,
COMME ÇA ON POURRA PARLER.
TIRE
BONNE IDÉE.
AAH, NON, C'EST PAS GRAVE !
NE VOUS EMBÊTEZ PAS AVEC ÇA.
SI VOUS PRÉFÉREZ RESTER TRANQUILLES TOUS LES DEUX...
ALLEZ,
LE TRAIN VA PARTIR, DÉPÊ-CHONS-NOUS DE TOURNER LE SIÈGE.
CLAC
CLAC
Comment on fait ?
PILILILILILI
Le train XXX à destination de XXX va partir…
AAH, DÉSOLÉ...
Vous auriez préféré rester à deux ?

PREMIER PRIX DE LA LOTERIE
J'ARRIVE PAS À CROIRE QUE VOUS AYEZ GAGNÉ LE TIRAGE AU SORT !!
HÉ HÉ !
ON A GAGNÉ AVEC LE SEUL TICKET QU'ON A EU, EN PLUS.
NOUS, ON A EU LES TICKETS QU'ILS ONT ACHETÉ PAR ERREUR POUR LE MÊME TIRAGE.
FLAP
MAIS ALORS, ÇA VEUT DIRE QU'ON DORT...
Auberge KIKUMON
Sources chaudes naturelles
Couple – 2 nuits
...dans la même auberge !
Auberge KIKUMON
Sources chaudes naturelles
Couple – 1 nuit
BONJOUR LA COÏNCIDENCE !

PUISQU'ON VA AU MÊME ENDROIT, ON N'A QU'À SE BALADER ENSEMBLE !
Oh, merci !
T'en veux ?
VOUS AVEZ PRÉVU DES TRUCS ?
NON, RIEN DE PARTICULIER...
NAKAMOTO-KUN, TU N'AS PAS BEAUCOUP DE CONGÉS, PAS VRAI ?
TU PRÉFÈRES PEUT-ÊTRE PROFITER DE TON TEMPS AVEC SEIJI ?
NON, ÇA NE ME DÉRANGE PAS.
PLUS ON EST DE FOUS, PLUS ON RIT ! ET PUIS...
RIEN QUE LE FAIT D'ALLER QUELQUE PART AVEC SEIJI, ÇA ME REND HEUREUX.
Trop mignon !
Qu'il est innocent !
Pourtant, il sort avec Seiji...
Ému...
Le mode «lover», c'est son seul mode, en fait.

ÇA DOIT ÊTRE COOL D'ÊTRE POLICIER !
C'EST VRAIMENT COMME DANS LES SÉRIES TÉLÉ ?
GLING
GLING
キラ
TU AS DÉJÀ FAIT UN INTERROGA-TOIRE SUR QUELQU'UN ET DÉCOUVERT QUE C'ÉTAIT UN DEALER DE DROGUE ?!
ÇA, ÇA NE M'EST JAMAIS ARRIVÉ...
MAIS J'AI DÉJÀ ATTRAPÉ DES VOLEURS COMME ÇA.
MOI, ÇA M'EST ARRIVÉ UNE FOIS !
AH BON ?!
INCROYABLE !
TROP CLASSE !
HAA...
MAIS BON, C'ÉTAIT PAS UN DEALER, IL PORTAIT JUSTE DE LA DROGUE SUR LUI.
COMME QUOI, TU TIRAIS PAS TOUJOURS AU FLANC, FINALEMENT.
PARDON ?!
MOI AUSSI, J'ÉTAIS UN POLICIER CHARGÉ DE LA PROTECTION DE LA VILLE.
HMPF !

MAIS BON, ON N'A PAS AUTANT D'AF-FAIRES QUE DANS LES GRANDES VILLES.
JUSTE DES ACCIDENTS OU DES DIS-PUTES DANS LES BARS.
MAIS MAINTENANT, IL Y A DE PLUS EN PLUS DE CAMBRIOLAGES, COMME DANS LE COMBINI.
TAJIMA-SAN, VOUS N'AVEZ JAMAIS ENVIE DE VOUS Y REMETTRE ?
ALORS LÀ, PAS DU TOUT !
J'AI PLUS LA FORCE PHYSIQUE. ET PUIS, IL FAUT QUE JE SOIS LÀ POUR CHIKO-CHAN !
À LA PLACE,
GRIP
JE LAISSE MON COPAIN PROTÉGER LA VILLE.
きゃぴ
BOBOM
SERRE
JE M'EN CHARGE.
OOOH !

CLIC !
CLIC !
CLIC !
Euh, on fait quoi, là ?
POC
ZZ ZZ...
HÉ, arrête...
HÉ HÉ !
ZLOUP
BOBOM !
!?
!!??
C'EST TOUT NOIR !
CLIC CLIC
HA HA HA HA !
FLAP
FLAP
OOOOH !

Trop beau, les feuilles rouges !
C'ÉTAIT LA BONNE PÉRIODE POUR VENIR !
VENEZ, ON VA PRENDRE UNE PHOTO TOUS ENSEMBLE !
U... UNE MINUTE, LÀ...
La grimpette, c'est dur !!
QUI EST-CE QUI S'EST FOUTU DE MOI PARCE QUE J'AVAIS PERDU DE MA VIGUEUR, HEIN ?!
JE NE VOIS PAS CE QUE TU VEUX DIRE.
TREMBLE
Sale menteur !!
TREMBLE
TREMBLE
HAA...
HUU...
Quaran-te-naires pas en forme
HHH...
HHH...
HUU...
VITE !
IL Y A DE QUOI SE REPOSER UN PEU PLUS LOIN.
COURAGE, PAPI.
ARRÊTE AVEC TA CONDES-CEN-DANCE !!
GRRR

Tiens, du chocolat chaud !
BAH, REPOSONS-NOUS D'ABORD.
HAA...
ET MAINTENANT, FAUT REDESCENDRE...
DANS TROIS JOURS, JE VAIS LES SENTIR, LES COURBATURES...
FRUTSCH
SHIN !
FRUTSCH
SEIJI-KUN...
QU'EST-CE QUE TU REGARDES ?
TAP
TAP

FSCHH
IL Y A UN PANNEAU DE SIGNALISATION AU MILIEU DE LA RIVIÈRE, C'EST BIZARRE...
UN PANNEAU ? OÙ ÇA ?
FSCHHH...
AH, C'EST VRAI !
FSCHHH...
HA HA ! T'AS LE SENS DE L'OBSERVATION !
C'est un mys-tère !
JE VAIS PRENDRE UNE PHOTO.

HÉ HO...
GRMPF
DÉSOLÉ.
JE PEUX SAVOIR POUR QUI TU TE PRENDS, HEIN ?!
TIRE
TIRE
OUAH !
DÉSOLÉ !!
!
GRIP
BISOUUU
BAH, POUR AUJOURD'HUI, JE TE PARDONNE.
BOBOM !
BOBOM !
ALLEZ, ON Y VA.
!?
!?
OUI...

菊門
天然温泉
SOURCES CHAUDES KIKUMON
ON DIRAIT UN VOYAGE SCOLAIRE !
AH, MOI AUSSI, JE ME DISAIS LA MÊME CHOSE !
MON DERNIER VOYAGE SCOLAIRE, C'ÉTAIT IL Y A HUIT ANS ! LE TEMPS PASSE VITE !
Il y a 13 ans
Il y a 23 ans
Qu'il est jeune...

DÉSOLÉ QU'ON SE SOIT INCRUSTÉS DANS VOTRE VOYAGE.
Je ne pensais pas que tu prendrais un congé...
OH, C'EST PAS GRAVE.
Vous êtes allé où en voyage scolaire ?
Moi, je suis allé à Tokyo au collège et Kyôto au lycée.
Moi pareil.
Et puis, on est allés à Nara aussi.
SEIJI-KUN A L'AIR DE S'AMUSER, EN PLUS.
ET MOI AUSSI.
DANS CE CAS, TANT MIEUX.
JE SUIS CONTENT QUE TU SOIS VENU, NAKAMOTO-KUN.
HEIN ?
POUR TE DIRE LA VÉRITÉ, JE M'INQUIÈTE UN PEU POUR SEIJI.

SON PÈRE EST DÉCÉDÉ QUAND IL ÉTAIT JEUNE,
ET IL A DÛ S'OCCUPER DE SA MÈRE MALADE...
IL A ÉTÉ OBLIGÉ DE QUITTER SON BOULOT DE POLICIER QU'IL AIMAIT TANT.
FINALEMENT, SA MÈRE EST MORTE À SON TOUR...
AVEC SA PERSONNALITÉ, IL ATTIRE LES AUTRES COMME UN AIMANT,
HA HA HA
C'EST VRAI !
MAIS PLUS LES ANNÉES PASSENT, MOINS IL A DE GENS AUTOUR DE LUI.
MÊME S'IL N'EN A PAS L'AIR, IL DOIT PROBABLEMENT SE SENTIR TRÈS SEUL.
ALORS JE SUIS CONTENT QUE TU SOIS À SES CÔTÉS.
GLOUP
GLOUP
Ah non, pas ça !

SHIN ! JE SORS EN PREMIER, D'ACCORD ?
BLOUP
Marche normalement
SPLASH
D'ACCORD, J'Y VAIS AVEC TOI ALORS.
Quel engin !!
UN VRAI BÂTON DE MAGICIEN !!
TREMBLE
TREMBLE
PLIC
On mange quoi ce soir ?
Des sashimis ?
Je suis content que tu sois d'une taille normale...
Euh... C'est un peu offensant...

Chambre des fleurs
AAAH...
FIXE...
JE TE VOIS, EN TRAIN DE RAPPROCHER LES FUTONS...
BOBOM !
.....
FUIP
LE REPAS ET LE SAKÉ ÉTAIENT VRAIMENT BONS.
OUI ! C'ÉTAIT DÉLICIEUX !!
ROULE
SHIN-CHAN, T'AS LES MANCHES PRESQUE AUX COUDES !
HI HI
C'ÉTAIT LA PLUS GRANDE TAILLE DISPONIBLE...

SHIN...
FUIP
TU T'ES BIEN AMUSÉ AUJOURD'HUI ?
OUI, C'ÉTAIT SUPER.
AH BON ! TANT MIEUX, TANT MIEUX !
HI HI HIII
ふにゃ～ん
HAA
AH !
TADAM !
Il est trop mignon, mais il est complètement bourré !
SEIJI-KUN, SI TU VEUX DORMIR, INSTALLE-TOI DANS TON FUTON.
MAIS IL EST ENCORE TÔT !
IL EST DÉJÀ MINUIT.
Retiens-toi...
EXCITÉ
J'ÉTEINS LES LUMIÈRES.
CLIC
.....

SHIN-CHAN, TU N'AS PAS OUBLIÉ QUELQUE CHOSE ?
FUIP
ふぅ
HEIN...? AH, OUI ! «BONNE NUIT» !
GLISSE
もぞ
GLISSE
もぞ
Mh ?
SEIJI-KUN ?
TOMBE
ばっ
すぽ、
GRIMPE
JE PARLE DE TON ANNIVERSAIRE !
PAS ÇA, IDIOT !

MH ?
MON ANNIVERSAIRE ?
Le 11 novembre
くわ
WHAM
TU TE FOUS DE MOI, LÀ ?!
COMMENT TU PEUX OUBLIER TON PROPRE ANNIVERSAIRE ?
C'EST QUE... JE NE LE FÊTE JAMAIS D'HABITUDE...
T'ES PAS POSSIBLE !
HAA...
はぁ～
D'AILLEURS, COMMENT TU CONNAIS MA DATE D'ANNIVERSAIRE ?
GLISSE
ずるる

JE L'AI VUE SUR TES PAPIERS.
Quand t'as changé d'adresse.
AAH, JE VOIS...
ET DONC... TU AS ORGANISÉ CE VOYAGE POUR MOI ?
C'ÉTAIT UN PEU À LA DERNIÈRE MINUTE...
AH ! FAUT QUE JE ME DÉPÊCHE !
JOYEUX ANNIVERSAIRE, SHIN !
HI HI !
TU AS PASSÉ UNE BONNE JOURNÉE ?
Seiji-kun...

Tant que je serai avec Seiji-kun...
Chaque journée à venir sera forcément...
MERVEILLEUSE.
ALORS, POUR UN TYPE QUI A PASSÉ UNE JOURNÉE MERVEILLEUSE,
J'AI UN CADEAU MERVEILLEUX !
CLAP
CLAP
ROULEMENT DE TAMBOURS !
UN CADEAU ? ENCORE ?
TATAAM ! TATATA...
FUIP
Il est au ta quet...
Ton cadeau, c'est un Seiji tout propre, la peau douce après son bain !
WHAM !
Et un débardeur horriblement laid...
OH, JE VOIS QUE ÇA TE MET LES LARMES AUX YEUX !

ALLEZ, MAINTENANT...
GRIMPE
LE GRAND-PÈRE VA FAIRE DES EFFORTS.
GRIMPE
HEIN ?
SI TU PERMETS...
MARMONNE
!!
SE...
TREMBLE...
SEIJI-KUN...
JE RISQUE D'ÊTRE NUL...
DÉSOLÉ !
C'est vraiment un cadeau merveilleux !!
BOBOM
BOBOM
MH...

SEIJI... KUN... TU N'ES PAS OBLIGÉ DE TE FORCER...
SLURP
JE ME FORCE PAS.
BOBOM
HAA...
MH...
NH...
SLUUURP
FLOUP
AAH...
BOBOM
FUAH...
SLURP
HH...
BOBOM
AH...
MERDE...
HAA...
HAA...
BOBOM
C'EST TROP BON... JE VAIS MOURIR...
HA HA HA !
DIS PAS ÇA LE JOUR DE TON ANNIVERSAIRE !
SLURP
HAA...
FUAH...
TREMBLE...
HH...
HH...
SLURP
MH...
NH...
FLOUP
SEI... JI...
RECULE... TA BOUCHE...

L'a déjà fait sur une photo de Seiji sur smartphone

HAA...
FAUT QU'ON SE DÉPÊCHE DE PASSER À LA SUITE,
AVANT QUE LE JOUR NE SE LÈVE...
.....
GLOUPS...
BOBOM
FUIP
AH...
FRISSON
AH !
HAA...
HAA...
SEIJI-KUN...
BOBOM
.....
AH...
BISOU
BISOU

BISOU
BISOU
NH...
MH...
MMMH...
FUIP
HH...
FUIP
FLOUP
BOBOM
FLAP
BOBOM
AH...
HAA...
AH...
SEIJI-KUN, C'EST BON POUR TOI ?
FLOUP
FLOUP
AAH... AH... ATTENDS, SHIN...
GRIP
NHH...
AH...
SMOOCH
FLOUP
BOBOM
GRIP
FUIP
J'AI UNE CAPOTE DANS MON PORTE-FEUILLE...
UNE CAPOTE...
ON DIT QUE QUAND ON EN A DANS LE PORTE-FEUILLE, ÇA ATTIRE L'ARGENT, NON ?
J'AI JAMAIS ENTENDU DIRE ÇA.

HAPPY BIRTHDAY SHIN-CHAN
PRENDS-MOI COMME TU VEUX !
SEIJI
TADAAAM
J'ai même pas envie de l'ouvrir...
ÉMU...
SNIIIIF
SI, OUVRE-LE.
DONNE, JE VAIS TE LE METTRE.
!!
EUH... OUVRE-LE TOUT AU BORD... NE DÉCHIRE PAS LE MESSAGE...
QUOI, TU VEUX LE GARDER ?!
HMPFF
HMPFF
FIXE...
SÉRIEUX...
ALLEZ, SORS TA BITE.
...
FUIP
ALLEZ, C'EST PART...
MH !
....!
SMOOTCH

POUSSE...
NH...
MMH...
SMOOCH
SEIJI-KUN...
QUOI ?
AH !
BOBOM
FLUIP
FLUIP
HAA...
JE PEUX TE LA METTRE ?
HAA...
MH...
HAA...
TOURNE
HAA...
HAA...
FUIP
GRIP
FLOUP
FLOUP
POUSSE
AH...
AAAH...
AH !

BAM !
AH !
AAH !
AAH !
AH !
NGH !!
FLOUP
NE CRIE PAS TROP FORT...
HH...
TU PEUX ME MORDRE LES DOIGTS SI TU VEUX.
FLOUP
NH...
CLOUPS
MMH...
PAF
NH...
PAF
BAM !
HH...
NH !
NHH...
PAF
GH !
HH...
BAM !
HH...
BAM !
NH...
MH !
PAF !
MMH...
NHH !
BAM !
BAM !
PAF
MMMH !

HAA...
AAH...
FLOUP
HAA...
PLIC
HAA ...
FLOUP
HAA...
AAH...
PAF !
PAF !
.....
GHH...
HHH...
H...
HH...
MMH...
AH...
HH...
PAF !
HHH...
BAM !
SERRE...
BAM !
MMMH !
PAF !
AH...
NH...
PAF !
HAA...
HAA...
HA...
HA...
HAA...
FRISSON
AA
AA
AH
...!
FRISSON

SEI... JI... KUN...
HHHH...
HHHH...
HHHH...
SEIJI-KUN...!!
SHIN...?
HAA...
HA...
HAA...
HAA...
SH...
BONJOUR !
.....
VOUS AVEZ BIEN DORMI ?
PLEINE FORME
Ne dis rien !
TREMBLE
COMMENT DIRE...
VOUS AVEZ RENDU LA CHAMBRE À TEMPS ?
YAGI
OUI...

VOUS REPARTEZ DÉJÀ, ALORS ?
Vous êtes du genre à ne pas pouvoir dormir dans une autre chambre que la vôtre, c'est ça ?
ON VA PASSER ACHETER DES SOUVENIRS, ET PUIS ON VA RENTRER, OUI.
Oui, c'est ça...
TREMBLE
TREMBLE
D'ACCORD, SOYEZ PRUDENTS EN RENTRANT.
MERCI, YAGI-SAN. AMUSEZ-VOUS BIEN, TOUS LES DEUX.
ON DIRAIT QUE ÇA SE PASSE BIEN, ENTRE EUX.
OUI, TANT MIEUX.
J'ai l'impression d'avoir un trou noir à la place du cul...
VACILLE
Mais non, t'inquiète.
VACILLE
FSCHHH...
FLOUP
FLOUP
BIP
BIP
J'AI PU PRENDRE PLEIN DE PHOTOS !

Becquée
D'HABITUDE, J'AI RIEN À PRENDRE EN PHOTO À PART CHIKO-CHAN...
Aaah...
ET MOI, JE NE PRENDS DE PHOTOS QUE POUR LA POLICE.
BIP BIP
J'AI ENVIE DE LES VOIR... ON FERA UN DIAPORAMA EN RENTRANT ?
BIP
OUI, JE CHOISIRAI LES MEILLEURES.
LES SEULES FOIS...
OÙ JE SUIS PARTI EN VOYAGE, C'ÉTAIT AVEC L'ÉCOLE.
JE NE SUIS JAMAIS PARTI AVEC MES PARENTS, VU QU'ILS ONT DIVORCÉ TRÈS TÔT.
ALORS...
JE SUIS CONTENT D'AVOIR PU VOYAGER AVEC TOI, SEIJI-KUN.

ギッ
MOI AUSSI, ÇA FAISAIT LONGTEMPS... COMME ÇA, ON A FÊTÉ TON ANNIVERSAIRE.
C'ÉTAIT COOL.
OUI.
AU FAIT... TU AS DIT À TA FAMILLE QUE TU DÉMÉNAGEAIS ?
OUI.
ET QU'ON SORTAIT ENSEMBLE...?
OUI...
EUH... ILS SAVENT QUE JE SUIS UN MEC ?
Ils s'en fichent ?
MIOM
MIOM
JE LEUR AI DIT QUE J'ÉTAIS AMOUREUX DE TOI.
ILS N'ONT PAS BESOIN DE SAVOIR SI TU ES UN MEC OU UNE FILLE.
ET PUIS, ÇA N'A RIEN À VOIR AVEC TON SEXE.
JE SUIS TOMBÉ AMOUREUX DE TA PERSONNALITÉ, SEIJI-KUN.

DE TOUTE FAÇON, JE SUIS INDÉPENDANT… MA SŒUR EST MARIÉE,
MA MÈRE S'EST REMARIÉE, ELLE A UNE NOUVELLE FAMILLE…
ELLE SE FICHE PROBABLEMENT DE MA VIE SENTIMENTALE.
AH…
MOI, JE N'AI PERSONNE QUI S'Y INTÉRESSE NON PLUS DE MON CÔTÉ.
ON EST SEULS, TOI ET MOI.
C'est bon, ça !

ON N'EST PLUS SEULS, MAINTENANT, ON EST DEUX.
T'AS RAISON.
Sans oublier Chiko-chan !

Décembre... Un mois glacial
タジマ商店
ヒュオオオオ
FSCHUUUUU...
Qui donne envie de chaleur humaine.
CLAC !
CLAC !
FERMÉ TEMPORAIREMENT JUSQU'AU 10 !
TAJIMA
Chapitre 4
KHOF !
KHOF !
FUIP
KHOF !
KHOF !

Surtout quand on a un rhume.
KHOF !
BIP BIP
BIP BIP !
ARGH...
ÇA DESCEND PAS DU TOUT...
38.4

HH...
CLAC
ET DIRE QUE JE PRENAIS BIEN SOIN DE NE PAS TOMBER MALADE...
POUR CONTINUER À M'OCCUPER DE CHIKO-CHAN...
Je sais comment j'ai attrapé ça.
KHOF !
J'ai du mal à respirer ...
C'est... très certainement... depuis... ce moment-là...
FUIP
CRIIIC
AH !
CRIIIC
Deux jours plus tôt.
AAH !
Haa...
PAF !
PAF !
CRIIIC
Nnnhhh...
CRIIIC
Aah...!

CRIIIC
Nhh...
Nh...
TREMBLE
Ah...
Waah...
BOBOM
CRIIIC
CRIIIC
.....
HAA...
HAA...
AAH...!
AAH...!
CRIIIC
CRIIIC
Seiji-kun...
Tu n'as pas froid ? On peut se mettre sous les couettes...
PAF
HAA
HAA...
HAA...
AH...
PAF
N... Non... Ça va...
HAA...
AH !
AAH !
HAA...!
Haa...
CRIIIC
SH...
AAH...
Haaa...
CRIIIC
Ah...
Seiji-kun...
BISOU
Shin...
HAA♡
Ça...
BISOU
SERRE
CRIIIC
!!!♡

FLAP
CRIIC
FLAP
Haa... Je suis mort.
Où est ton pyjama ? Tu vas dormir tout nu ?
Il fait vraiment froid, tu devrais mettre quelque chose pour dormir.
Mais non, t'inquiète !
Mmh...
Tu vas attraper un rhume...
Tu me réchaufferas, Shin-chan.

SHIN-CHAN
TU ME RÉCHAUFFERAS.
Oui, je vais te réchauffer !
WHAM !
Gyah !!
Me tombe pas dessus comme ça !
T'as les pieds froids, Shin-chan...
Désolé...
COLLÉ
AU MATIN...
CLAC
CLAC
Y caille !!
FIOUUU
Après le passage de Chiko-chan
Et Shin est pas là !
SHIN-CHAN EST PARTI TRAVAILLER.
GLA GLA GLA !

À mon âge, je devrais faire plus attention à moi...
C'EST PAS BIEN, SEIJI-KUN.
DING DONG
KHOF !
KHOF !
DING DONG
IL Y A QUELQU'UN ?
MIAOU !
CALÉ しり
BIEN ずっ
AVEC CHIKO-CHAN DANS LES JAMBES, JE PEUX PAS BOUGER...
JE VIENS INSPECTER L'ÉTAT DES TUYAUX D'ÉVACUATION...
LES TUYAUX D'ÉVACUATION ? IL DEVAIT Y AVOIR UNE MAINTENANCE AUJOURD'HUI ?
BAH, TANT PIS...

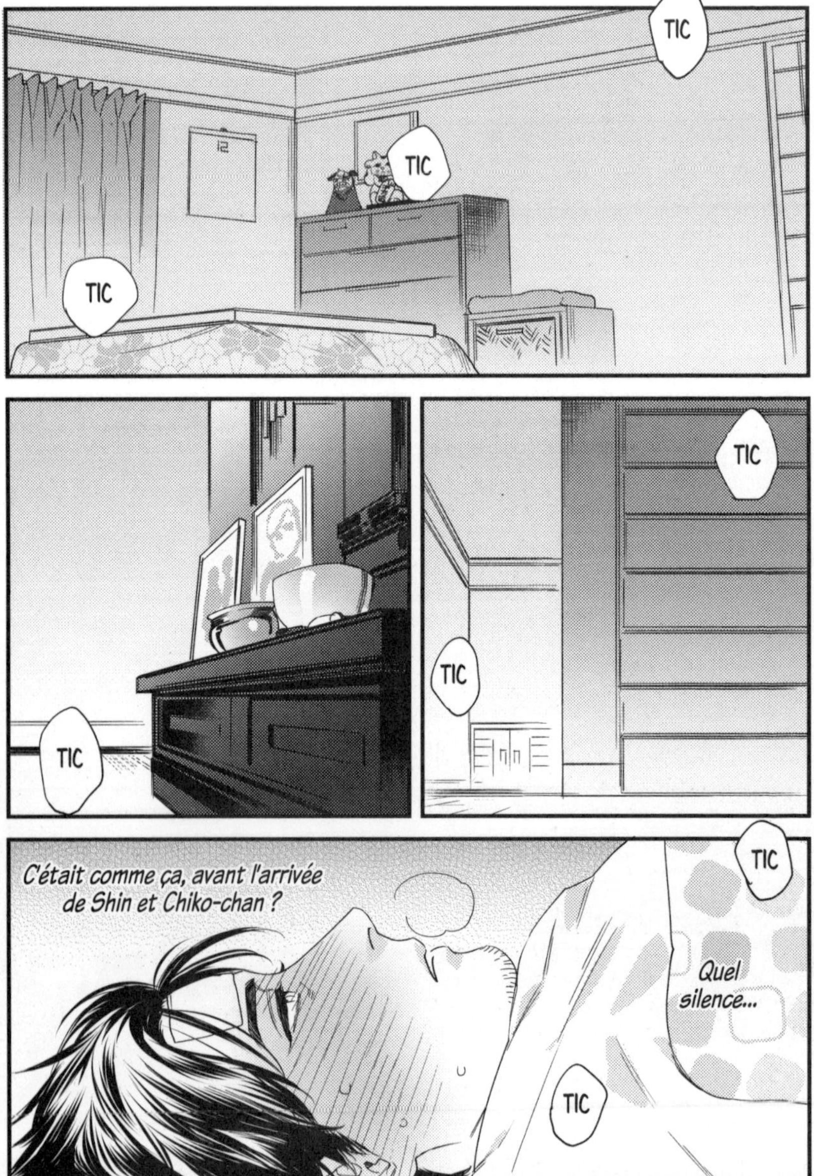
TIC
TIC
TIC
TIC
TIC
TIC
TIC
Quel silence...
TIC
C'était comme ça, avant l'arrivée de Shin et Chiko-chan ?

PEUT-ÊTRE QUE C'EST LE RHUME QUI ME FAIT PENSER ÇA, MAIS...
JE ME SENS DRÔLEMENT SEUL...
ET IL N'EST QUE 13H.
CLIC
13:05
Shin essaie toujours de venir me voir à l'heure du déjeuner...
FLOUP
Ça va ? Tu es allé chez le docteur ?
Oui ! T'inquiète, t'as pas besoin de venir, je vais bien.
C'est sans doute contagieux, en plus.
Et ce matin...
Tiens, un pack de glace.
CLAC
Je viendrai si je peux, mais j'ai fait de la soupe et des boulettes de riz au cas où.
Mh...
Si tu peux, lève-toi et va manger.
Mmh...
Et n'oublie pas de prendre tes médicaments.
FUIP
Mh...

Appelle-moi s'il y a quoi que ce soit.
Ou si tu veux que je te ramène quelque chose à manger.
Allez, j'y vais.
Mmh...
JE CROIS QU'IL NE VIENDRA PAS AUJOURD'HUI...
FAUT DIRE, JE LUI AI DIT DE PAS VENIR.
SCHRIIC
À manger...
KHOF
KHOF
ET PUIS, IL DOIT ÊTRE OCCUPÉ AVEC CETTE HISTOIRE DE CAMBRIOLAGES EN SÉRIE...

TAP
.....
Quoi ?! La solitude ?!
Je connais pas ça, moi !
SURSAUTE
WHAM
TIRE !
FRRT
HAA...
AAH... FAUT QUE JE PRENNE MES MÉDOCS...
J'AI PAS TRÈS FAIM, MAIS IL FAUT AUSSI QUE JE MANGE...
KHOF
KHOF !
VACILLE
VACILLE
C'EST DE PLUS EN PLUS ÉPUISANT D'AVOIR UN RHUME QUAND ON EST VIEUX...
VACILLE...
HÉ LÀ..!
MIAOU !
FROTTE

BLOUP
BLOUP
BLOUP
BLOUP
De la soupe au gingembre...
Deux boulettes de riz,
petites et faciles à manger...
TADAM !
ちょこん
TROP MIGNON...
Je l'imagine tenir debout dans cette petite cuisine avec son corps immense...
Faire à manger pour moi avec ses grandes mains...
MIOM
JE ME SUIS TROUVÉ UN MEC EN OR, MOI...

MIOM
MIOM
DANS DES MOMENTS PAREILS...
MH ?
C'EST BIEN D'AVOIR QUELQU'UN SUR QUI ON PEUT COMPTER...
LA GAMELLE DE CHIKO-CHAN EST VIDE...
KHOF
KHOF
BAM
BAM
BAM
CHIKO-CHAN, C'EST L'HEURE DU REPAS...
KHOF !
CRASSHHH !!
SURSAUTE
HEIN ?!

CHIKO-CHAN, TU AS CASSÉ QUELQUE CHOSE ?
KHOF
KHOF
ずり
RAMPE
ずり
RAMPE
ガラ
OUVRE
CHIKO-CHAN...
C'EST PAS BIEN DE FAIRE DES BLAGUES...
!!
バタ
CRAC !
CRAC !
バタ
ジャリ
CRAC !
AH...

どすこいマート
Supermarché Dosukoi
ポイント7倍 Day
LA FERME !!
TU VEUX M'INTERDIRE DE BOIRE DE L'ALCOOL, OU QUOI ?!
ALLONS, MONSIEUR, CALMEZ-VOUS.
VOUS POUVEZ BOIRE QUAND VOUS VOULEZ,
TANT QUE VOUS N'EMBÊTEZ PAS LES CLIENTS ET LES EMPLOYÉS D'ICI.
PARDON ? MAIS J'EMBÊTE QUI, MOI ? PERSONNE !!
BON, ÉCOUTEZ, MONSIEUR...
GRRR...
VOUS M'FAITES CHIER, VOUS LES FLICS !!

TOURNE
QUOI ENCORE ?
FAIS GAFFE, SALE MERDEUX…
GROOOOH…
C'EST DANGEREUX DE NE PAS REGARDER OÙ VOUS MARCHEZ.
SURSAUTE
D… DÉSOLÉ…
Oh ! Il s'est calmé d'un coup !
ALLEZ, MONSIEUR, RENTREZ CHEZ VOUS.
D'ACCORD ?
OUI…
RECULE…
VOUS ÊTES CAPABLE DE RENTRER SEUL ?
Vous avez bien bu.
OUI OUI, JE RENTRE SEUL !!
SURSAUTE

AH LÀ LÀ… TOI, T'ES VRAIMENT DOUÉ POUR METTRE FIN À CE GENRE DE SITUATION RIEN QU'EN ARRIVANT SUR LES LIEUX !
TAP
TAP
AH BON ?
OUAIS ! C'EST ÇA ! C'EST TON AURA !
Mon aura ?
AAH…
Merci beaucoup…
DE RIEN !
Appelez-nous si vous avez besoin.
DÉJÀ CETTE HEURE-LÀ !
ET SI ON ACHETAIT UN TRUC À MANGER ?
JE DOIS ALLER AUX TOILETTES, NE M'ATTENDEZ PAS POUR CHOISIR.
OK. AH ! PENDANT QUE J'Y PENSE,
TU PEUX DEMANDER À MOTSU-SAN S'IL VEUT MANGER QUELQUE CHOSE ?
J'ai oublié mon télé-phone.

AH... J'AI DES MES-SAGES...
FLOUP
JE ME DEMANDE COMMENT VA SEIJI-KUN...
Merci de laisser les toilettes propres La direction
DU MELON SUPER CHER...
CHIKO-CHAN NE MANGE PAS DE MELON...
Je veux manger du melon super cher, miaou !
C'est Chiko-chan qui dit ça.
S'IL TE PLAÎT !
MIAOW !
«Miaow» ...
Il a l'air d'aller bien...

JE ME DEMANDE S'IL Y A DU MELON ICI...
AH, IL FAUT QUE J'APPELLE MOTSU-SAN.
PILILILI
CLIC
Allô ?
MOTSU-SAN, C'EST NAKAMOTO.
ON EST AU SUPERMARCHÉ, EST-CE QUE VOUS VOULEZ QUELQUE CHOSE À MANGER ?
J'ESPÈRE QUE SEIJI-KUN A MANGÉ UN PEU ET QU'IL SE REPOSE...
Merde...
Je suis dans de beaux draps...

Du calme, du calme.
Ça doit être le cambrioleur en série...
EH...
SI TU RESTES CALME, JE NE TE FERAI PAS DE MAL.
MERDE, IL Y AVAIT QUELQU'UN DANS CETTE MAISON...
Je vois... C'est probablement le type qui a frappé à la porte tout à l'heure,
Qui voulait voir s'il y avait quelqu'un à la maison...
FERMÉ
Il est en bleu de travail...
MERDE...
MON... TÉLÉPHONE...
FLOUP...
JE DOIS... APPELER SHIN...

Mince ! Il est sur le futon !
CLAC
J'ai la tête qui tourne à cause de la fièvre...
KHOF !
KHOF !
FUIP
HAA...
Et j'ai mal partout dans le corps... Merde ! Pourquoi maintenant ?!
KHOF !
ON DIRAIT QU'IL EST MALADE ET QU'IL NE PEUT PAS BOUGER...
KHOF !
KHOF !
C'EST BON !
JE PRENDS JUSTE CE DONT J'AI BE-SOIN ET JE M'EN VAIS,
ALORS NE BOUGE PAS.
HAA...
Comme si un petit magasin comme le nôtre...
allait garder tout son fric dans la boutique.
Hé, abruti ! Pas par là !

J'ai la tête qui tourne de plus en plus fort...
Quel timing merdique...
Si j'avais pas été malade, j'aurais pu l'arrêter...
Ça me rappelle... Quand j'étais petit, on a été cambriolés aussi...
C'est pour ça que je suis devenu flic, pour pouvoir protéger
ma mère, la maison et la boutique...
Et maintenant, ça recommence. C'est vraiment pas de bol...
Un cambriolage dans une maison où vit un ancien flic et un flic en service...
J'espère que ça ne sera pas un frein à la carrière de Shin.
VROUUUM...
TU L'AS PAYÉ COMBIEN, CE MELON ?
Il devait pas être gratuit...
KING MELON
CHUCHOTE
8000 YENS*...
Désolé, Shin...
T'ES TARÉ !!
Environ 75€

J'ai peur... Peut-être que si j'avais été en bonne santé, j'aurais encaissé,
Mais là, j'ai une trouille de tous les diables...
Finalement, je suis devenu drôlement faible...

KACHING !
カチャン
PFF...
Y'A VRAIMENT PAS GRAND-CHOSE LÀ-DEDANS.
BON, JE FERAIS MIEUX DE ME CASSER.
FLOUP
MH ?
TAP
MIAOU !
...!!
CHIKO-CHAN...
OUAH !
SURSAUTE
VIENS PAR ICI... ALLEZ VIENS, CHIKO...
VA PAS PAR LÀ.

FIXE
MIAAAAOU...
EST-CE QUE ÇA VOUS DÉRANGE SI ON S'ARRÊTE À LA MAISON CINQ MINUTES ?
T'INQUIÈTE ! MÊME DIX MINUTES, SI TU VEUX !
Dis-lui de se rétablir vite !
MERCI BEAUCOUP.
CLAC

ILS S'ENTENDENT DRÔLEMENT BIEN... JE ME DEMANDE VRAIMENT S'ILS NE SORTENT PAS ENSEMBLE QUAND MÊME !
POLICE
IL NE RÉPOND PAS... IL DOIT DORMIR.
CRASSHHH !!
CLING
CLING
!!
C'ÉTAIT QUOI, ÇA ?!

Ça vient du salon ?!
WHAM
SEIJI-KUN !!
SEIJI-KUN, C'ÉTAIT QUOI CE...
!?
FSCHHHH...
FLAP
FLAP
LA FENÊTRE EST CASSÉE...
Qu'est-ce qui s'est passé ?!
!
SHIN...

POF...
SEIJI-KUN !!
HAA...
HAA...
ÇA VA ?! QU'EST-CE QUI S'EST PASSÉ ?
OUAH ! C'EST QUOI, ÇA ?!
UN... CAM-BRIOLEUR...
IL VIENT DE S'ENFUIR... PAR LA FENÊTRE...
UN CAM-BRIOLEUR ?!
ÇA DOIT ÊTRE CELUI QUI SÉVIT DANS LE COIN CES DERNIERS TEMPS !
IL EST HABILLÉ... EN BLEU DE TRAVAIL...

IL NE DOIT PAS ÊTRE LOIN !!
ON Y V...
KHOF !
KHOF !
KHOF !
NAKAMOTO ! VITE !!
Seiji-kun, ça va ?
J'appelle une ambulance ?
Non... Ça va...
....!
AH...
NAKAMOTO, RESTE ICI ET VEILLE SUR SEMPAI !
TANT QU'IL PEUT RÉPONDRE, POSE-LUI TOUTES LES QUESTIONS QUE TU PEUX !
OK !

CLAC
JE NE VAIS PAS LE LAISSER S'ÉCHAPPER !
Il y a eu un cambriolage dans un magasin familial dans le quartier sud,
Je pars à la poursuite du suspect ! Il est habillé…
TU PEUX MARCHER ?
MH…
KHOF !
KHOF !
IL FAIT FROID, ICI, ON VA RETOURNER DANS LA CHAMBRE…
TU ES BLESSÉ QUELQUE PART ?
VRRRR
AIR CHAUD
ROOON
ROON
NON… ÇA VA…
TANT MIEUX.
JE VAIS DEVOIR TE POSER DES QUESTIONS, ET IL Y AURA UNE ENQUÊTE…
MAIS NE FORCE PAS SI TU NE TE SENS PAS BIEN, D'ACCORD ?
HÉ HÉ…
!?

T'ES BIEN UN VRAI FLIC, TOI...
EH OUI.
POUIC
MMH !
Et toi, tu es malade.
JE PENSAIS QUE TU NE VIENDRAIS PAS AUJOURD'HUI...
J'étais terrifié, jusqu'à il y a un instant...
Et toute ma peur a disparu en une seconde.
Je suis content de ne pas être seul...
ÇA DOIT ÊTRE PARCE QUE JE PRENDS DE L'ÂGE...
OU ALORS, C'EST PARCE QUE JE L'AIME...

JE SUIS TELLEMENT CONTENT...
QUE TU SOIS LÀ.
SERRE
OUI...

MERCI D'ÊTRE VENU PENDANT VOTRE JOUR DE CONGÉ.
La veille du Nouvel An...
C'EST BON...
J'AI AUSSI RÉPARÉ L'ENCADREMENT EN ALUMINIUM.
COMME ÇA, TU N'AURAS PAS EU À LAVER TES VITRES AVANT LE NOUVEL AN.
C'EST NORMAL, ON N'ALLAIT PAS TE LAISSER PASSER LE RÉVEILLON AVEC UNE PORTE CASSÉE.
C'EST PROBABLE-MENT PARCE QUE LE CAMBRIOLEUR L'A PERCUTÉ EN SORTANT.
QUEL CULOT...
HA HA, TRÈS DRÔLE !
Chapitre 5

ALLONS, C'EST FINI MAINTENANT, TOUT VA BIEN. EN PLUS, IL A ÉTÉ ARRÊTÉ.
OUI, C'EST VRAI...
C'EST PARCE QUE CHIKO-CHAN LUI A FAIT PEUR, PAS VRAI ?
MMMH !
BISOU BISOU !
VRAIMENT ? IL A DES TRIPES, CE CHAT.
LÈCHE
ÇA, ET PUIS LE FAIT QUE LE CAMBRIOLEUR AVAIT PEUR DES CHATS.
PEUR DES CHATS ?
IL A DÛ ÊTRE MORDU OU GRIFFÉ QUAND IL ÉTAIT PETIT, SANS DOUTE.
AVANCE...
ET CHIKO-CHAN N'A PAS PEUR DES INCONNUS.
MIAOU !
HIIIII !
ELLE EST DU GENRE À ALLER SE FROTTER CONTRE N'IMPORTE QUI.

COMMENT EST-CE QU'ON PEUT ÊTRE CAMBRIOLEUR EN AYANT PEUR DES CHATS ?
HA HA HA !
CERTAINS ONT PEUR DES CHIENS AUSSI.
UN BON CAMBRIOLEUR AURAIT D'ABORD VÉRIFIÉ LES ENVIRONS.
DESCEND
CLAC
OK ! C'EST FINI !
MERCI BEAUCOUP, PAPI !
DE RIEN ! FAIS BIEN ATTENTION À TOI.
BONNE ANNÉE !
CLAC
CLAC
AH, JE SUIS CONTENT QU'ELLE SOIT RÉPARÉE !
Et toute propre, en plus !
OUI, LE CARTON POUR PROTÉGER, ÇA N'AURAIT PAS SUFFI.
HÉ, POURQUOI TU ES LÀ, AU FAIT ?
AH, C'EST VRAI, J'AVAIS COMPLÈTEMENT OUBLIÉ !
CLAP

[*Mochi : pâte de riz gluant dont la consommation au Nouvel An est traditionnelle.]

JE ME DEMANDE SI SHIN EST RÉVEILLÉ...
DU MOCHI, DU MOCHI !
TAP
TAP
OH !
CHIKO-CHAN, TU VIENS AVEC MOI ?
FUIP
SHIN-CHAN, J'ENTRE !
MICHIYO VIENT DE VENIR, ET...
AH !!
Mince ! Une minute !
Peut-être qu'il se fait un petit plaisir comme la fois dernière...
FUIP
MIEUX VAUT VÉRIFIER, SINON IL M'EN VOUDRA...
REGARD...

AH NON... IL DORT.
ZZZZ...
HO HO HO...
.....
ギリッ
GRIP

SHIN-CHAN ? RÉVEILLE-TOI...
ON VA MANGER DU MOCHI ?
MIAH...
GRIMPE
MH...
HÉ, SHIN !
MIAOU !
GRIP
ALLEZ, RÉVEILLE-TOI !
RÉVEILLE-TOI, SHIN...
SNIF
MMH...

SH...
SHIN...
ぱち
MH...?
SEIJI-KUN...
SHIN !
TU M'AIMES ?
OUI ?
PEU IMPORTE À QUOI JE RESSEMBLE ?
OUI, BIEN SÛR.
ALORS REGARDE, VOICI MA VRAIE FORME...
ROULE
ROULE
SEIJI-KUN, L'ESPRIT DU MOCHI !
DING DOOONG
DIIIING
JE SUIS L'ESPRIT DU MOCHI !
Clochette mochi
!?

ATTENDS... ATTENDS, SEIJI-KUN !
TU ES L'ESPRIT DU MOCHI ?
TU VEUX DIRE... UN DAIFUKU ?
EH OUI !
COMMENT ÇA, UN DAIFUKU ?
SHIN... TU N'AIMES PAS LE MOCHI ?
GLISSE
TU NE VEUX PAS DE MOI, SI JE SUIS L'ESPRIT DU MOCHI ?
TOUT MOELLEUX...
TU NE VEUX PAS ME MANGER ?
DÉCIDÉ !
SI, JE VEUX TE MANGER.
T'AS PAS HÉSITÉ UN INSTANT...
RENVERSE
OUAH !!

Même si tu es l'esprit du mochi, Seiji-kun, je... Je...
AH...!
MIOM !
IDIOT, NE GRIMPE PAS SUR LE MOCHI !
AH !
AAAH !
OUH...
SH...
SHIN !
Quelle belle boule de mochi...
PELOTE
PELOTE
MH ?
AH !
ÇA Y EST, T'ES RÉVEILLÉ ?
TU VEUX MANGER DU MOCHI ? ON VIENT DE M'EN DONNER.
L'ESPRIT DU MOCHI...
DU MOCHI...
HEIN ?
De quoi tu parles ?

IL EST BIENTÔT MIDI.
SI TU VEUX MANGER, DESCENDS.
UN RÊVE...
OK... J'ARRIVE...
GROSSE BOULE
ZZZZ...
ENCORE UNE BOULE DE MOCHI...
TU VEUX À QUEL GOÛT ?
SAUCE SOJA ?
AH !
C'est chaud !
IL Y A AUSSI DE LA POUDRE DE SOJA SUCRÉE SI TU VEUX.
JE VEUX BIEN SAUCE SOJA.
OKAY.
Mets l'eau à bouillir.
Thé vert

AU FAIT, ON N'A PAS EU LE TEMPS DE RANGER LA MAISON...
LÈCHE
FAUT DIRE, ON A ÉTÉ OCCUPÉS...
TU VEUX QU'ON S'Y METTE AUJOURD'HUI ?
Thé vert
BLOUP BLOUP
NAN, LAISSE TOMBER.
EN PLUS, TU ES D'ASTREINTE, NON ?
PLOP !
OUI.
JE VAIS PEUT-ÊTRE DEVOIR ALLER TRAVAILLER.
LES POLICIERS N'ONT JAMAIS DE VACANCES PENDANT LE NOUVEL AN !
AU MOINS, J'AI LA SOIRÉE DU RÉVEILLON DE LIBRE.
BRAVO ! FÉLICITATIONS !

J'AIMERAIS BIEN FAIRE LE COMPTE À REBOURS AVANT LA NOUVELLE ANNÉE AVEC TOI, SEIJI-KUN.
DANS CE CAS, COMMENCE À PRIER...
POUR QUE PERSONNE NE T'APPELLE EN TE DISANT DE VENIR !
BOBOM
NYARK NYARK
ET PUIS, SURTOUT, TU VEUX DU SEXE DE NOUVEL AN, PAS VRAI ?
HEIN ? HEIN ?
P... PAS PARTICULIÈREMENT...
TOURNE
MENTEUR !
!!
REGARDE-MOI DANS LES YEUX QUAND TU MENS !

TU SAIS QU'ON SONNE LES CLOCHES AU TEMPLE 108 FOIS POUR EXPIER CHAQUE PÉCHÉ HUMAIN ? TU VEUX M'EN RAJOUTER UN SUR LE DOS ?
HÉ HÉ HÉ
Ou plutôt, dans mon cul.
PÉCHÉ HUMAIN...
C'est sûr que son cul est un péché...
SHIN.
TU FERAIS MIEUX D'EN PROFITER MAINTE-NANT.
CHU-CHOTE
MH ?

NH...
D'ABORD, IL FAUT QUE JE PRENNE UN BAIN.
MH ?
JE ME SUIS COUCHÉ SANS PRENDRE DE BAIN HIER.
BAH,
ON N'A QU'À EN PRENDRE UN ENSEMBLE, ALORS ?
!?

PSCHHH
ドボボボ
MH MH MH...
LA LA LA...
LA LA LA LA...
MOUSSEUX
もこ
もこ
Encore une boule de mochi...
POUSSE-TOI, POUSSE-TOI...
SEIJI-SAMA EST LÀ !
ON VA RENTRER À DEUX LÀ-DEDANS ?

C'EST PETIT...
TOUT SERRÉ...
みちっ
FLOUP
AH !!
TU M'ÉCRASES LES BOULES !!
SEIJI !!
SPLASH
バシャ
SPLASH
バシャ
DÉSOLÉ !! JE SAIS PAS COMMENT ME METTRE !
J'AI PAS DE PLACE POUR MES JAMBES !
HÉ HÉ...
SEIJI-KUN...
METS TES JAMBES ICI.
TADAM...
.....
PETIT BIDOU
T'ES BIEN GAULÉ, TOI...
GRR...
MH ?

LAISSE TOMBER, ON VA FAIRE AUTRE CHOSE.
SPLASH
PLOUF
!
HAA...
C'EST MIEUX COMME ÇA !
AAAH ! ÇA FAIT DU BIEN...
MH ?
GRIP
GRIP
TIIIRE...
HÉ HO !! ARRÊTE ÇA IMMÉDIATE-MENT !!

ARRÊTE D'EMBÊTER MON VENTRE À MOCHI.
TU AS ENCORE GROSSI, SEIJI-KUN ?
OUI, OUI, J'AI GROSSI, OK ?!
JE SUIS TROP HEUREUX, ALORS JE GROSSIS !
Trop heureux ?
Alors il est vraiment heureux d'être avec moi ?
....!
!

SEIJI-KUN...
BISOU
BISOU
OUAH ! ATTENDS !
BOBOM
ビク
SPLASH !
BISOU
HH...
TU VEUX LE FAIRE ICI ?
SPLASH
AH...
EXCITÉ
OUI... JE VEUX.
EXCITÉ
ATTENDS, ATTENDS, ATTENDS !
OUAH !
ON N'A PAS DE LUBRIFIANT NI DE CAPOTE !
T'INQUIÈTE, J'AI TOUT RAMENÉ.
T'AS TOUT RAMENÉ ?! QUAND ?
AH...
BOBOM

SPLASH
SPLASH
AH...
AH !
FRISSON
MH...
FLAP
FLAP
SPLASH
MH...
SLURP
AH !
AH...
HAA...
BOBOM
AH !
AAH !
SPLASH
SPLASH
S... SHIN, ATTENDS...
JE VAIS COULER !
BLOUP
OH, PARDON...

AH...
AAH...
PLIC
HA...
HAA...
AH...
HAA...
HAA...
FLAP
FUIP
FUIP
AH,
AAH !
FLAP
FUIP
FUIP
UH...
NNH !
ÇA VA ? T'AS PAS MAL ?
HAA...
AH...
NHHH...
FLOUIP
FLOUIP
AAAH !

AH...
HAA HAA...
......
SPLASH
AH...
IL FAIT DRÔLEMENT CLAIR...
C'EST VRAI QU'IL EST À PEINE MIDI...
HAA...
Est-ce qu'on est les seuls abrutis...
À coucher ensemble en pleine journée un jour de réveillon de Nouvel An ?
HH...
SEIJI-KUN, ACCROCHE TES BRAS AUTOUR DE MON COU.
HEIN ?
SERRE
COMME ÇA ?
??
BON...

GRIP
SOULÈVE
TADAAM !
HAA
WOOOOOOOH !!
GLISSE !
C'EST DANGEREUX, SHIN !
BOBOM !
HYAAAH !
FUIP
GLISSE
AH...
HAA...
HAA...
AAAH...
SERRE
BOBOM
NHH...
GLISSANT...
S... SEIJI-KUN...
HAA...
AH...!
HAA...
AAH !
AH...

WHAM !
HII !
OUAAAAAH !
FUIP
BAM !!
GRIP
!
.....
BAM
AH !
AAH !
SERRE...
AH !
BAM
AAH !
AAH !
GRIP
VACILLE
SHIN !
SERRE
SHIN !!
VACILLE
DAAAAM...
MA JAMBE !!
J'AI UNE CRAMPE !!
Tes jambes sont plus grandes que les miennes !
TREMBLE
TREMBLE

HAA...
ACCROCHE-TOI BIEN POUR NE PAS TOMBER.
BAM !
HOUP LÀ !
GRIP
CLAC
SERRE...
OUAAH !!
GRIP !
HEIN ?!
A... ATTENDS !! ATTENDS !!
GIGOTE
T'AS BEAU ÊTRE MUSCLÉ, TU PEUX PAS ME PORTER PENDANT LE SEXE ! JE SUIS TROP LOURD !
GIGOTE
ARRÊTE DE BOUGER AUTANT, SEIJI-KUN !
ÇA IRA, JE TE PROMETS QUE JE NE TE LAISSERAI PAS TOMBER.
GRIP
HIII !!
T'AS PLUTÔT INTÉRÊT, OUI !! SI TU BRISES TA PROMESSE, JE TE TUE !!

AH !
NH !
PAF !
AH...
AAAH !
HA...
HA...
SEIJI-KUN...
HAA...
BOBOM
PAF !
BOBOM
NH...
AH...
AH !
PAF !
MHH...
NH...
La vache...
NHH...
HAA...
Dans cette position, il va super profond...
C'EST BIZARRE...
VACILLE
AH...
HAA...
BOBOM
VACILLE
AH...
TU ES PLUS SERRÉ QUE D'HABITUDE, SEIJI-KUN...
NYARK
TU VEUX QUE JE SERRE ENCORE PLUS ?
AH ! ÇA FAIT MAL ! SEIJI-KUN !
ARRÊTE !
AH, TU VOIS ?

AH !
AH !
PAF !
AH ! SHIN !
PAF !
FRISSON
ÇA...
HAA
HAA...
AH...
ÇA VIENT...
.....
MOI AUSSI...
FRISSON
MH...
HH...!
MMH !
SPLURT
BOBOM !
PAF
BOBOM
BOBOM
PAF

JE TE L'AVAIS DIT, C'EST ÇA, LE RÉVEILLON DES FLICS.
DÉPRIMÉ...
TU DEVRAIS LE SAVOIR.
S'est fait appeler, finalement.
JE SAIS, MAIS...
J'AVAIS JUSTEMENT LE RÉVEILLON DE LIBRE...
TRISTE
ENFOUI SOUS LES COUETTES
TU SERAS LIBRE LE JOUR DE L'AN, RÉJOUIS-TOI.
PAS LA PEINE D'ÊTRE SI TRISTE !
ON FERA LE COMPTE À REBOURS L'ANNÉE PROCHAINE, OU CELLE D'APRÈS...
FLOUP
OU LES ANNÉES SUIVANTES... ON A LE TEMPS.

ALORS DÉPÊCHEZ-VOUS D'ALLER TRAVAILLER, MONSIEUR LE POLICIER.
MH...
J'Y VAIS.
BROUHAHA
ザワ
BROUHAHA
ザワ
BROUHAHA
ザワ
JE SUIS TROP HEUREUX DEPUIS CET ÉTÉ, JE ME LAISSE ALLER...
FAUT QUE JE ME RESSAISISSE.
ザワ
Mais je déborde de désir pour Seiji-kun...
HAA...

IL EST BIENTÔT MINUIT.
JE ME DEMANDE SI SEIJI-KUN EST RÉVEILLÉ...
BROUHAHA
BROUHAHA
J'AURAIS BIEN AIMÉ LE PASSER AVEC LUI QUAND MÊME...
«L'année prochaine, ou celle d'après, ou les années suivantes...»
BROUHAHA
OUI, C'EST VRAI...
AH, N'Y PENSE PAS !
VIVONS AU JOUR LE JOUR...
POLICE
RÉALISE...
MH ?

Ça veut dire...
Qu'à partir de maintenant...
Seiji-kun et moi, on sera toujours ensemble ?
CHUCHOTE
SEIJI-KUN...
TU M'AS APPELÉ ?
TADAM !

SEIJI-KUN ?!
AH, JE T'AI CHERCHÉ PARTOUT !
Quelle foule !
POLIC
JE T'AI RECONNU...
À TON AIR MALHEUREUX !
NYARK !
J'AVAIS PAS L'AIR MALHEUREUX...
AH BON ? DANS CE CAS, JE PEUX RENTRER, ALORS.
OK, C'EST VRAI, J'AVAIS L'AIR MAL-HEUREUX !
BROUHAHA
ÇA FAISAIT LONG-TEMPS QUE J'ÉTAIS PAS VENU ICI POUR LE RÉVEILLON.
CHAQUE ANNÉE, JE LE PASSE SEUL CHEZ MOI À BOIRE ET REGARDER LA TÉLÉ...
OH, IL NEIGE !
BROUHAHA
ET PUIS JE M'EN-DORS, JE ME RÉVEILLE AU MOMENT DES CLOCHES ET DU FEU D'ARTIFICE...
ET JE ME DIS «AH, ÇA Y EST, ON A CHANGÉ D'ANNÉE».

LE COMPTE À REBOURS VA COMMENCER !
J'IMAGINE QUE CE SERA PAREIL L'ANNÉE PROCHAINE.
MAIS TANT QUE J'AI QUELQU'UN AVEC QUI LE PASSER, C'EST PAS SI MAL.
CINQ !
SEIJI-KUN... CE QUE TU AS DIT TOUT À L'HEURE,
AVANT QUE JE PARTE TRAVAILLER...
MH ?
QUATRE !
QUAND TU AS DIT QU'ON AURAIT ENCORE D'AUTRES OCCASIONS...
TROIS !

ÇA VEUT DIRE...
DEUX !
QUE TU COMPTES RESTER AVEC MOI POUR TOUTE TA VIE ?
ÉVIDEMMENT !
UN !

ZÉROOO !
ドーン
DAAAAAM !
ワー
OUAAAH !
パチ
PAF !
パチ
PAF !
イエ〜〜
OUAIIS !
ワーッ
YEAAAH !
パチ
パチ
PAF !

HA HA HA !
BONNE ANNÉE !
Oh ! Le feu d'artifice !
SLUUURP
MIOM
MIOM
Ça passe vite, un an...
Et ça passe encore plus vite quand tu vieillis...
BONNE ANNÉÉÉÉE !!
AAH...

My pretty policeman 2 / Fin

Bonus
OUAAH !
C'EST QUOI, ÇA ?!
タジマ商店
*Magasin Tajima
TOUT SALE
JE ME SUIS FAIT ÉCLABOUSSER PAR UN CAMION...
T'ES COUVERT DE BOUE !
C'EST VRAI QU'IL A PLU HIER...
JE SUIS JUSTE EN PAUSE... IL FAUT QUE JE ME CHANGE.
ENLÈVE TOUT ÇA ET DONNE-LE-MOI.
JE TE RAMÈNE DES HABITS PROPRES.
OK.

CLIC
BON...
TOUT PROPRE !
OUBLIE PAS TON BADGE.
AH OUI, C'EST VRAI.
ATTENDS, JE TE LE METS.
MERCI...

CLIC !
キラッ
VOILÀ, PARFAIT !
AAAH ! VOUS ÊTES TROP BEAU, MONSIEUR LE POLICIER...
FROTTE
FROTTE
SERREZ-MOI DANS VOS BRAAAS !
ÇA, C'EST VRAIMENT UN BEAU TORSE...
GRIP
グッ
BOBOM !
OUAH !

SERRE...
!
HI HI HI !
SERRE...
J'AIME BIEN QUAND TU ME SERRES DANS TES BRAS !
TU ME L'AS DEMANDÉ, APRÈS TOUT.
JE T'AI PAS DEMANDÉ DE M'EMBRASSER, PAR CONTRE...
.....

BISOU
WHAM
MH...
BISOUU
NH...
NHH...
BISOU
MH !
NHH...
BISOU
.....
BISOU
HA...
HAA...
BOBOM
SEIJI-KUN...
AH...
SHIN...
CARESSE
BISOU
BISOU
NHH...
FUIP
MH...!
BOBOM

FROTTE…
BOBOM
BLUSH…
HA HA…
T'ES EN FORME, DIS DONC !
FROTTE
AAH !
SURSAUTE
SEIJI-KUN ?!
ON N'A PAS LE TEMPS DE LE FAIRE JUSQU'AU BOUT.
MAIS TU PEUX PAS RETOURNER AU TRAVAIL AVEC UNE TRIQUE PAREILLE.
SOULÈVE UN PEU TA CRAVATE POUR MOI.

C'EST VRAI...
Il refuse toujours d'en faire parce qu'il dit qu'il a mal aux mâchoires et qu'il a peur de me mordre !
QUOI, T'AS PAS ENVIE ?
MERCI MON DIEU !!
SI SI, J'AI TRÈS ENVIE...
HAA...
MH...
HAA...
MH...
MGH...
MMH
MH
SLURP
SLURP
NH...
GH...
SLURP
HH...
HH...
GLOUPS...
HA...
HAA...
HAA...

NYARK
QUAND TU PORTES TON UNIFORME...
ÇA ME FAIT TOUJOURS DE L'EFFET...
NH...
SHIN...
BOBOM
SHIN !!
AH !!
T'avais l'air perdu dans tes pensées...
ÇA VA ?
En plein rêve
.....
NON, ÇA VA PAS...
OUAH !! QUELLE TRIQUE !!
FIN

Bonjour ! Je n'arrive pas à croire que le volume 2 de My Pretty Policeman soit sorti.
Il y a un drama CD qui est sorti à propos de l'histoire du tome 1, personnellement, ça m'a vraiment surprise !
Mon souci du moment
Ça fait un an que je me demande si j'achète le tome 1 ou non...
À la base, je n'avais pas l'intention d'en faire une série.
L'histoire est terminée, alors soit vous commencez un nouveau manga,
soit vous continuez cette histoire et vous vous lancez dans un autre arc.
Ah bon, d'accord ...
Ma responsable
«Moi, je me marierais avec Maki-san!»
En pleine réflexion
Beaucoup de gens voulaient qu'il y ait une suite
(merci beaucoup !!)
Merci de vous intéresser à notre vie sexuelle !
Alors j'ai décidé d'en faire une !
Si vous ne m'aviez pas dit dans vos lettres de fan à quel point vous vouliez une suite, je ne l'aurais pas faite.
Si jamais vous voulez voir la suite d'une de mes histoires, n'hésitez pas à me le dire, ça pourrait se réaliser...
(Vous pouvez envoyer vos lettres à la maison d'édition pour que ce soit plus facile !)
Mon souci du moment n° 2
La transformation physique de Seiji
Seiji devient de plus en plus beau, non ? C'est bizarre...
RESPONSABLE
C'est l'effet que ça fait de sortir avec un petit jeune !
Je compte sur vous pour «My Pretty Policeman 3» !!
L'histoire continue !

My pretty policeman Vol.2

Boku no omawarisan Vol.2 by Niyama

Original Japanese edition published in 2019 by TAKESHOBO, Tokyo
French translation rights in France, Belgium, Luxembourg,
Swiss and Quebec arranged with TAKESHOBO
Through Digital Catapult Inc., Tokyo.

Hana COLLECTION

www.boys-loves.fr

Maquette : Justine Mouron
Traduit du japonais par : Laurie Asin
Responsable Editorial & Production : Tony Graci
Remerciements particuliers à Aurélie Valognes

Dépot légal : Novembre 2019
ISBN 978-2-36877-687-2

Imprimé par GZ Digital Media as